UNE JUMENT
DANS LA TEMPÊTE

Castor Poche
Collection animée par
François Faucher, Hélène Wadowski,
Martine Lang, Cécile Fourquier et Céline Vial

Titre original :
TOUGH TRAILS

Voici le livre de Cora.

Je le dédie à Cora, Peter et Kathy qui, par
leur présence, m'ont donné la volonté d'écrire.
À Mogens et à ma famille pour tout ce qu'ils ont fait.
Mais il demeurera toujours le livre de Cora
car c'est grâce à elle que j'ai atteint mon but.

Une production de l'Atelier du Père Castor

Original English language edition published by
Maxwell Macmillan Canada.

IRENE MORCK

UNE JUMENT DANS LA TEMPÊTE

Traduit de l'anglais (Canada) par
Smahann Ben Nouna

Illustrations de
MARTINE BOURRE

Castor Poche Flammarion

Irene Morck

L'auteur, née à Saint John, au Nouveau Brunswick, a grandi dans les prairies canadiennes. Elle a passé deux ans aux Barbades et dix ans à la Jamaïque où elle a enseigné la chimie dans une école de garçons et fait de la recherche à l'University of West Indies.

Irene et son mari consacrent beaucoup de leur temps à parcourir à cheval les montagnes d'Alberta. Comme ce livre, le deuxième ouvrage de l'auteur, *Between Brothers*, traite des randonnées à cheval.

Mondaine est une vraie jument de leur ferme. Lors d'une chaude journée d'été, Mondaine, qui avait alors vingt-cinq ans, tomba avec son chargement dans un sentier escarpé de la montagne. C'est cet accident qui donna à Irene Morck l'idée de ce roman.

L'auteur remercie Donna Stoyberg, Brenda Nugent et Fran Murphy, son éditeur, qui l'a aidé à faire de cette histoire un bien meilleur livre qu'il ne l'aurait été sans ses judicieux conseils.

Smahann Ben Nouna

La traductrice vit à Paris. Elle parle aussi bien arabe que français, et prend plaisir à traduire de l'anglais et de l'espagnol. Passionnée et curieuse de tout, elle est diplômée de l'École des hautes études en sciences sociales. Outre la traduction, elle accompagne, au sein d'une association, des jeunes que la vie n'a pas toujours choyés.

Martine Bourre

L'illustratrice est née à Paris en 1949. Elle a fait quatre années d'études aux Arts Appliqués, et quatre en atelier de dessin d'animation.

« Caractéristiques : myope comme un blaireau à lunettes, têtue comme une mulotte.

« Animaux familiers : trois stégosaures, une licorne, une famille de dragons, un palefroi couleur de sable, un petit chat gris, un grand cerf dans la maison…

« Activités : dessin, théâtre, affiches, rire, tendresse… et chocolat ! »

Chapitre I

J'ai toujours dû me comporter plus durement que je ne l'aurais voulu.

Lorsqu'on est un gars de dix-sept ans affublé d'un nom comme Ambrose Virgil Metford, on doit se comporter durement. Surtout quand on conduit des cavaliers en randonnée dans les montagnes Rocheuses d'Alberta.

Pourtant, je n'avais pas l'impression d'être un dur alors que je me promenais entre les enclos qui se trouvaient derrière la grande salle des ventes. Blackie, mon magnifique cheval, devait être vendu ici aujourd'hui. On allait le tuer pour la boucherie.

Ça me fendait le cœur, comme ce rocher coupant qui, hier, avait sectionné le tendon de Blackie. On traversait tranquillement une rivière quand, en une seconde, mon cheval devint sans valeur – bon à faire de la pâtée pour chien.

J'étais censé ne plus penser à Blackie et acheter un nouveau cheval de bât. Aujourd'hui, lors de cette vente, il me fallait trouver un animal exactement comme lui – jeune, intelligent, fort.

En fourrant les mains dans mes poches, je sentis l'argent qu'oncle Mac m'avait donné : deux cents dollars supplémentaires en cas de besoin. Il espérait que je ne dépenserais pas tout, je le savais. Dans ce métier, l'argent est difficile à gagner.

— Vous cherchez un bon cheval, c'est ça ? me lança une minuscule vieille dame alors que je passais devant un enclos.

Une grande jument musclée à robe rousse se tenait calmement près d'elle. Pourtant ce n'est pas cela qui m'arrêta, mais les yeux de la vieille dame. Bleu pâle, presque vitreux, si tristes – comme si elle retenait ses larmes. La vieille dame donnait l'impression d'avoir le cœur brisé, comme moi. Mais je voyais bien qu'elle ne craquerait pas. Je ne pus m'empêcher de l'admirer.

— Même un enfant peut monter ce cheval, fit-elle. Mes petites-filles ont grandi dessus. Cette bête est dressée pour l'attelage…

— Excusez-moi, je… euh… nous avons besoin d'un cheval de bât pour porter de lourdes charges en montagne.

Comparé à Blackie, aucun cheval ne semblait convenir. Cette bête, trop vieille, avait probablement quinze ans. Elle était bonne pour la boucherie.

— Ma jument peut porter. Elle peut faire n'importe quoi, ajouta-t-elle.

— A-t-elle déjà porté des charges ?

Difficile d'être intéressé.

— Non, mais elle est forte. Elle a participé aux travaux des champs cet hiver. Et intelligente avec ça. Mon mari a eu une crise cardiaque pendant qu'il l'attelait à la charrette à foin, ce printemps. Eh bien, elle ne s'est même pas enfuie.

La petite dame ne détachait pas son regard du mien.

— Nous l'avons trouvé mort, mais le cheval n'avait pas bougé…

— Je suis désolé, dis-je. Pour votre mari…

Elle posa la tête contre le flanc du cheval.

— Cette jument est tout ce qui me reste… Et elle doit partir, elle aussi. Depuis toute jeune elle est facile à dresser ; elle apprend vite.

« Exactement comme mon Blackie », pensai-je.

Mon pauvre cheval était le premier poulain que j'avais vu naître. Cinq ans auparavant, je me trouvais dans le pâturage d'oncle Mac quand je vis Star, sa meilleure bête de somme, mettre bas. Quelques minutes plus tard, un poulain noir et humide se leva et se mit à marcher. C'était moi qui l'avais baptisé Blackie, et j'aidais oncle Mac à le dresser à la longe. Puis, quand il devint plus âgé, je le dressai pour le transport…

— Pourquoi vendez-vous votre jument ?

— Mon fils dit qu'il le faut…

Ses yeux lancèrent des éclairs rageurs.

— À partir de la semaine prochaine, je dois passer le reste de mes vieux jours dans une maison de retraite, continua-t-elle, furieuse. Quitter ma ferme, vendre mon cheval, emménager dans une petite chambre à Edmonton. Moi qui n'ai jamais vécu en ville…

Je ne pouvais que hocher la tête. C'était pénible de vivre en ville, c'est pourquoi je passais le plus de temps possible dans la ferme d'oncle Mac, même avant que je travaille pour lui.

La petite dame déglutit :

— Mon fils prétend que je ne peux plus m'occuper de la ferme. Après la mort de mon mari, j'ai été très abattue, c'est vrai, mais je vais mieux maintenant. Je ne sais pas conduire, voilà tout. C'est mon voisin qui nous a emmenés ici.

Elle regarda l'enclos, en tordant entre ses mains la bride bleu délavé de sa jument.

— Et si ce cheval... Si personne... ? commença-t-elle.

Sa voix s'éteignit.

Je devinai ce qu'elle pensait. Les bouchers se jetteraient sur ce grand cheval musclé et bien bâti. Comme sur Blackie... Mais une jument chez qui rien ne cloche ne devait pas finir en bifteck.

Appuyé contre la barrière de l'enclos, j'observai la jument. Sa robe brillante prouvait qu'elle était en bonne santé. Elle avait les jambes longues et droites, de bons sabots. L'œil placide, elle me regardait comme si elle me suppliait, elle aussi.

On voyait bien que la bête commençait à se faire vieille ; sa robe était parsemée de poils blancs, et elle avait quelques rides autour des yeux. Pourtant, elle pouvait travailler dur quelques années encore. En général, les chevaux n'étaient pas vendus aux bouchers avant l'âge de dix-huit ans.

— Comment vous appelez-vous ? me demanda la vieille dame.

Pourquoi voulait-elle savoir mon nom ?

— Ambrose. Ambrose Metford.

— Ambrose est un bien joli prénom, déclara-t-elle.

Je grimaçai. Elle sourit gentiment, comme si elle m'avait compris.

— Je m'appelle madame Longhurst, et ma jument, Mondaine.

Mondaine ! C'était pire qu'Ambrose. Si je l'achetais, je lui donnerais un autre nom. Un cow-boy ne pouvait pas se permettre d'avoir un cheval nommé Mondaine. Impensable.

— Je l'ai appelée comme ça parce qu'elle se comportait de façon hautaine avec les autres chevaux. Sympathique mais un rien maniérée. Comme une mondaine.

La vieille dame répéta son nom d'une voix douce, si bien que la jument dressa les oreilles et appuya la tête contre l'épaule de Mme Longhurst.

— Quel âge a-t-elle ? demandai-je.

— Vingt-cinq ans, répondit-elle en baissant les yeux.

— Vingt-cinq ans ! Un cheval de cet âge est bon pour la…

Elle me regarda.

— Ma jument est en meilleure forme que bien des chevaux qui n'ont même pas atteint dix ans. Nous avons toujours pris soin d'elle.

Je tournai les talons et m'éloignai :

— Désolé, madame Longhurst… Elle ne sera pas capable de travailler dans les montagnes.

— Elle a toujours travaillé dur ! s'écria la vieille dame. Elle ne vous laissera jamais tomber.

Je continuai à marcher, m'arrêtant parfois devant les enclos pour discuter avec des vendeurs de jeunes chevaux. Il y avait là quelques animaux pour lesquels je pouvais enchérir, notamment deux bêtes de somme expérimentées. Leurs propriétaires les mettaient en vente parce qu'ils n'emmenaient plus de randonneurs en montagne. Si seulement quelqu'un avait pu décider que choisir à ma place ! Acheter un cheval était toujours une chose difficile, quelles que soient les circonstances.

De nombreux enclos étaient occupés par des chevaux qui tournaient en rond, sans surveillance. Certains, aux sabots fendillés, boitaient ; d'autres, de jeunes bêtes encore sauvages, roulaient des yeux et renâclaient. Il y en avait aussi de très vieux, à peine capables de marcher – tout juste bons pour la boucherie.

Je m'arrêtai de nouveau devant l'enclos de Blackie. Mon animal préféré passa la tête au-dessus de la barrière pour que je lui caresse le front. Depuis tout petit, il aimait ça.

Blackie m'avait terriblement manqué les deux derniers étés. Il avait transporté des charges dans les montagnes tandis que j'étais payé par oncle Mac pour veiller sur sa ferme.

J'avais demandé à mon oncle à travailler dans les montagnes cet été. Dans ce cas, m'avait-il répondu, il devait embaucher un homme pour garder la ferme, de sorte qu'il ne pourrait pas me verser d'argent avant la fin de la saison. C'est ce qui me donna le courage de lui demander Blackie à la place de ma paie.

À ma grande surprise, oncle Mac accepta et proposa même de me céder Dusty, mon cheval de selle.

— Dusty et Blackie, avait-il ajouté, pourront vivre gratuitement dans ma ferme, tant que tu les utilises pour ce travail, l'été.

Un garçon de ton âge doit travailler avec ses propres bêtes.

Et voilà que mon cheval de bât attendait d'être vendu aux enchères. À peine capable de poser le sabot par terre à cause de son tendon déchiré, Blackie souffrait terriblement. Et demain, il partirait pour toujours.

Blackie appuya la tête contre mon épaule. J'aurais peut-être dû laisser oncle Mac ou même Janice l'emmener jusqu'ici. Mais celle-ci en aurait profité pour me regarder de haut.

Personne n'avait le droit de me parler comme le faisait cette petite blondinette. Quelle importance si elle travaillait pour oncle Mac depuis ses quatorze ans ! Trois années à la ferme ne lui donnaient pas le droit de me rabaisser à tout bout de champ.

Quand oncle Mac m'avait proposé d'emmener Blackie ici à ma place, Janice m'avait lancé avec mépris :

— Il faudrait être un drôle de lâche pour laisser tomber son cheval dans son dernier voyage.

— Personne d'autre que moi ne le conduira à la vente, avais-je rétorqué.

Je savais que mon oncle l'avait embauchée parce qu'il l'avait prise en pitié. Son père, un ivrogne, avait abandonné sa mère et les six enfants. Peu importait que Janice fût meilleure cavalière et guide de montagne qu'oncle Mac lui-même. Ça ne signifiait pas pour autant qu'elle devait se comporter comme le chef.

Du museau, Blackie tapota ma poche, à la recherche d'avoine. Je pouvais à peine le regarder. Parfois, j'aurais voulu être aussi dur que Janice, même si c'était une vraie casse-pieds. Les cow-boys se devaient d'être durs.

À travers les enclos, je vis la vieille dame et sa jument, appuyées l'une contre l'autre. Un homme marchait lentement vers elles, à l'évidence un acheteur. Mme Longhurst s'entretint avec lui. Il l'écouta, remua la tête puis s'en alla – comme je l'avais fait. Il ne cherchait pas de vieux cheval.

Quelques personnes examinaient les bêtes avant la vente. Certains s'arrêtaient pour écouter la vieille dame ; ils hochaient la tête, souriaient. Quelqu'un pourrait peut-être acheter la jument pour ses enfants.

Bientôt, une voix retentit dans le haut-parleur : la vente allait commencer.

L'estomac noué, je caressai Blackie une dernière fois. Puis je me dirigeai vers le bâtiment principal et trouvai un siège dans l'enclos aux enchères.

Chapitre 2

Le premier cheval fit son entrée dans le manège : une jument rouanne maigrelette à robe terne et mal soignée. La bête décocha une ruade sur le grand portail en fer quand on le referma derrière elle, puis marcha en rond dans les copeaux de bois. Elle ne cessait de montrer les dents en cherchant à blesser l'homme de piste.

Bref, une jument méchante. Les bouchers n'auraient pas de mal à l'acquérir. Alors que le commissaire-priseur allait clore l'enchère, une fille rousse leva la main. Tout le monde se tourna vers elle. Je connaissais la musique : il lui fallait sauver cette bête. Janice appelait ce genre de personne « les cœurs tendres ».

À quatre cent quatre-vingt-dix dollars, les

acheteurs de viande firent la grimace et lui abandonnèrent le cheval. J'imaginai qu'un « cœur tendre » achèterait Mondaine. Dommage que, pour Blackie, il n'y ait aucun espoir.

Lorsque mon cheval entra sur la piste, je pus à peine le regarder. Les bouchers enchérirent péniblement, pas à pas. On arriva finalement à sept cents dollars.

L'homme de piste fit claquer son fouet ; j'eus l'impression que c'était moi qu'il battait. La tête baissée, je ne pouvais regarder mon Blackie boitiller vers son bourreau.

Tout en passant une main sur mes yeux, je tâchai de me concentrer sur la vente. Oncle Mac comptait sur moi pour trouver un cheval avec lequel on pourrait travailler cette saison. Et, si je voulais, je le garderais à la fin de l'été.

Les bêtes suivantes étaient deux chevaux bien dressés, mais c'est à peine si je pouvais lever les yeux vers eux. De toute façon, ils étaient trop frêles et délicats pour transporter des charges.

Le portail retentit une fois de plus et Mme Longhurst entra en guidant sa grande jument. Le public se tut. C'était rare de rencontrer une vieille dame dans ce genre d'endroit. J'aurais voulu être ailleurs pour ne pas voir la douleur dans son regard bleu clair.

Le commissaire-priseur prit le papier que Mme Longhurst lui tendit, puis marmonna :

— Cette jument a été dressée pour l'attelage, les enfants peuvent la monter…

Et il commença à entonner la litanie des enchères :

— Qui en donnera neuf cents dollars ? Neuf cents… ?

Ce n'était pas le prix du cours de la viande mais celui d'un cheval de monte. Peut-être espérait-il lui trouver un foyer.

Je regardai à la ronde. Personne n'enchérissait.

— Huit cents ? Huit ?

Toujours rien.

La petite dame et Mondaine se tenaient toutes deux au milieu de la piste. Immobiles, la tête droite. Mme Longhurst aurait dû la faire trotter autour de la piste, cela aurait prouvé que sa jument bougeait bien.

— Sept cents dollars. Elle les vaut largement…

Silence.

— Six cent cinquante… Regardez ces muscles. Qui m'en donnera six cent cinquante, six cent quarante… ?

Alors les acheteurs de viande entrèrent en jeu. Un homme fit un signe en touchant le bord de son chapeau.

— J'ai six cent quarante par ici. Qui en offrira six cent cinquante ?

Mme Longhurst savait-elle qui étaient ces hommes ? J'en doutais. Ce n'était pas une habituée des ventes aux enchères.

Les trois acheteurs de viande montèrent rapidement à six cent quatre-vingts dollars. La vieille dame frotta ses épais souliers de ville dans les copeaux de bois.

Elle aimait son cheval depuis qu'il était né comme moi j'aimais Blackie. Mais cet animal fort et en bonne santé ne devait pas finir à la boucherie. Je scrutai la foule, à la recherche des personnes intéressées par un bon vieux cheval obéissant. Des familles avec des enfants ? Elles pensaient probablement que la jument était trop grande, qu'un poney ferait l'affaire. Pourtant, un grand cheval comme Mondaine convenait parfois mieux à un enfant. Surtout un cheval aussi gentil.

Le commissaire-priseur commençait à baisser les bras. Il allait accepter la dernière enchère, quand un des acheteurs de viande – un type avec une veste crasseuse – leva la main. Une bouffée de haine m'envahit. C'était celui-là même qui avait acheté Blackie.

— Six cent quatre-vingt-dix ! Une fois, deux fois…

Mme Longhurst regardait désespérément autour d'elle. Elle avait compris. Ses yeux rencontrèrent les miens.

C'est alors que, emporté par une pulsion incontrôlable, je levai la main.

Surpris, le commissaire-priseur relança les enchères. Le prix monta de trente dollars. Sept cent vingt dollars. Haussant les épaules, les trois bouchers s'enfoncèrent dans leurs sièges.

— Adjugé ! Vendu au jeune homme près de la piste !

Un frisson glacial m'envahit tandis que je réalisais ce que je venais de faire. J'avais acheté ce cheval.

En colère contre Mme Longhurst, et plus encore contre moi-même, je me dirigeai lentement vers les enclos. Qui était le stupide cœur tendre maintenant ?

Lorsqu'elle m'aperçut, la vieille dame me fit signe d'approcher.

— Merci, Ambrose.

Je ne répondis pas.

Pas question qu'oncle Mac et surtout Janice sachent que ce cheval avait vingt-cinq ans.

En faisant semblant de ne pas connaître l'âge de Mondaine, ça pouvait marcher. Mon oncle, un spécialiste, estimait l'âge d'une bête en examinant ses dents. Mais passé quinze ans, on était dans le flou. Les chevaux avaient la bouche lisse, sans aucune marque ni quoi que ce soit indiquant que leur dentition s'usait.

Je passai une main sur les muscles de la jument. Durs, pas une once de graisse. Elle ne faisait vraiment pas son âge. Oncle Mac et Janice ne pourraient jamais deviner. Et il valait mieux que cela se passe comme ça si je ne voulais pas avoir d'ennuis.

J'ouvris la porte du van à bestiaux d'oncle Mac. Mme Longhurst recula sans dire un mot.

Dès que je tirai sur la bride de Mondaine, le cheval bondit dans le van.

La vieille dame resta plantée là alors que je faisais démarrer le camion.

Elle ne pleura pas. Ses épaules s'affaissèrent doucement et toute vie s'évada soudain de son regard.

Chapitre 3

Il fallait trois longues heures pour atteindre l'endroit où finissait la route, où on garait le camion et le van. Ensuite, il restait encore un petit bout de chemin à parcourir à dos de cheval avant d'arriver au camp d'oncle Mac.

Ce soir-là, plus les kilomètres défilaient, plus je me sentais misérable. Je m'en voulais d'avoir agi comme je l'avais fait. Si je n'avais pas été abattu par la perte de Blackie, je ne me serais pas attendri sur cette stupide jument. Pourquoi fallait-il que je sois si bête ?

Finalement, j'atteignis le bout de la route et descendis du camion. Attachés aux arbres par les rênes, Dusty et Star m'attendaient depuis ce matin.

Lorsque j'avais conduit Blackie dans le van,

les deux chevaux avaient henni comme s'ils pressentaient quelque chose. Heureusement que Star ne comprenait pas vraiment ce qui arrivait à son fils.

Je fis sortir la jument du van et l'attachai à un arbre. Elle m'observait tandis que je chargeais les quatre caisses de provisions qu'elle et Star allaient devoir porter.

Inquiet, je me demandais comment elle allait réagir quand j'installerais le bât – le harnais que l'on place sur le dos de la bête pour le transport de fardeaux. Beaucoup de chevaux s'effrayaient la première fois. Certains se cabraient, ruaient. Oncle Mac m'avait confié le soin d'acheter un cheval de bât. Janice serait intarissable si j'arrivais en montant un cheval de bât et en bâtant mon cheval de monte.

Je sellai Dusty puis chargeai Star. Elle resta calme, les yeux mi-clos. J'aurais donné n'importe quoi pour pouvoir encore en faire de même avec Blackie.

Préparer Mondaine se passa étonnamment bien pour un cheval qu'on n'avait jamais bâté. Bien sûr, elle renâcla de peur en découvrant les caisses et la bâche. Mais quand je lui permis de renifler les objets et murmurai son nom à la façon de Mme Longhurst, elle se détendit.

Une fois chargée, la jument jeta un coup d'œil de chaque côté de ses flancs puis me regarda comme pour me dire « Et maintenant ? ».

Je décidai de laisser Star aller librement ; elle nous suivrait toute seule jusqu'au camp. Je montai Dusty et, guidant ma nouvelle jument, je me dirigeai vers la piste.

J'observais Mondaine de temps en temps : elle avait belle allure. Personne ne devinerait son âge, et si on me le demandait, je répondrais que le commissaire-priseur ne l'avait pas dit. Ce qui était vrai.

— Mondaine, appelai-je.

Elle leva la tête, dressa les oreilles.

— Comment peux-tu porter un nom aussi stupide ?

J'évitais de donner des diminutifs aux gens afin qu'ils fassent de même avec moi. Amby ? Un nom de bébé ! Brose ? Beurk ! Un surnom à partir de Virgil ? Non, mieux valait oublier.

Cependant, je devais en trouver un pour cette jument. Ses pattes étaient blanches jusqu'aux genoux ; on aurait dit de longues chaussettes. « Chaussettes » ? Non, c'était nul. Je regardai son chanfrein – la partie qui s'étend du front aux naseaux. Une large bande blanche ondulait comme une flamme.

Flamme.

— Flamme, appelai-je.

Bien sûr, elle ne réagit pas, continuant à marcher lourdement.

Le chemin se rétrécit alors que nous traversions une épaisse forêt de sapins. Mondaine – non, Flamme – cogna une des caisses contre le tronc d'un arbre, si bien que le choc lui fit perdre l'équilibre. Elle faillit tomber. Terrifiée, la jument regarda autour d'elle comme pour essayer de comprendre ce qui lui était arrivé.

Ensuite, elle ne se cogna plus aux arbres. Elle avait compris. S'il s'en trouvait un trop près du sentier, elle faisait un mouvement d'oscillation pour que les caisses ne touchent plus le tronc. Il fallait beaucoup de temps à un cheval de bât pour apprendre à faire ça, et certains n'y parvenaient jamais. Oncle Mac ne pourrait pas rejeter un animal aussi astucieux.

Mondaine dressa les oreilles quand nous vîmes un daim près de la rivière et, plus tard, un élan dans une prairie. Mon oncle aimait les chevaux intelligents et vifs. Celui-ci l'était.

Il faisait presque nuit lorsque nous arrivâmes au camp. Neuf heures. Quelle journée ! Debout à cinq heures ce matin, j'avais fait deux heures de cheval à l'aller et autant au retour, plus trois heures en camion sur des routes de gravier. J'avais fait les courses, perdu Blackie, acheté un nouveau cheval. Malgré l'épuisement et la faim, j'avais l'impression que mon estomac n'accepterait rien.

Je descendis la colline en direction des enclos et des immenses tentes de toile dressées au bord de la prairie. Au fond de moi, je priais pour ne pas être obligé de passer la nuit à discuter avec les « pigeons ». C'est ainsi qu'on nommait entre nous les clients des randonnées à cheval.

Assis, autour du feu de camp, la dizaine de « pigeons » parlait, riait. Ils levèrent la tête à notre arrivée. Les yeux rivés sur Mondaine, oncle Mac me rejoignit en sautillant, suivi de tante Madge. Janice leur emboîta le pas. Elle traînait les pieds, le menton relevé de façon méprisante. Je savais déjà qui des trois allait me donner du fil à retordre.

Chapitre 4

— Quel joli cheval ! s'exclama tante Madge.

Oncle Mac passa une main sur les muscles de Mondaine.

— Et costaud, ajouta-t-il.

Je me forçai à sourire. Je savais que personne ne parlerait de Blackie, même s'il était présent dans l'esprit de chacun. Nous l'aimions tous, même Janice.

— Combien ? demanda mon oncle en donnant des tapes amicales au cheval.

— Sept cent vingt.

Je lui tendis les cent quatre-vingts dollars restants. Il compta l'argent et hocha la tête.

— As-tu discuté avec son propriétaire avant la vente ? demanda Janice.

Ça commençait…

Je fis non de la tête. Ils me crurent.

Bien des gens confiaient leurs chevaux au commissaire-priseur et venaient chercher l'argent une fois la vente conclue.

Janice ne cessait de me regarder du coin de l'œil.

— Donc, tu ne sais rien sur ce cheval ?

— Le commissaire-priseur a dit qu'elle avait été dressée pour l'attelage et la monte, répondis-je aussi calmement que possible. Les enfants peuvent la monter sans problème. Elle n'a probablement jamais porté de charge mais elle s'y est mise immédiatement.

Oncle Mac promena ses doigts sur les rides qui étoilaient les yeux de Mondaine.

— Une chose m'embête… fit-il. Elle a l'air un peu âgée. Quelques poils blancs, des rides…

Il obligea Mondaine à ouvrir la bouche. Elle se rebiffa puis se calma tandis qu'il inspectait sa dentition.

— La bouche est lisse. Je parie qu'elle n'a pas plus de quinze ans.

— Elle en a bien dix-huit, sinon davantage, intervint Janice. On peut faire confiance à Ambrose pour nous ramener un cheval mûr pour la maison de retraite.

— Elle est forte, dis-je.

— La force n'est pas tout, marmonna oncle Mac. Les montagnes sont extrêmement pénibles pour les vieux chevaux. Surtout avec de lourdes charges sur le dos, et qui plus est dans les montagnes.

— Au début, on pourrait peut-être lui faire porter des enfants... pendant deux semaines environ. Si elle n'a pas trop de poids à porter, elle s'habituera plus rapidement à l'altitude.

Janice fourra les mains dans ses poches.

— Les poumons d'un cheval aussi âgé peuvent ne jamais s'habituer à porter des charges en altitude.

— On pourrait lui faire porter des enfants jusqu'à la fin de l'été et bâter un des chevaux pour enfants, insistai-je.

Janice émit un grognement :

— Aucun des chevaux pour enfants n'est fait pour le transport. On avait besoin d'un cheval de bât, d'un animal jeune, fort et grand. On n'avait pas besoin d'un cheval pour enfants, Ambrose ; on en a déjà. Tu ferais mieux de te trouver une place d'assistant social au lieu de vouloir jouer au cow-boy.

— C'est ça... rétorquai-je. Ce cheval peut porter. Tout de suite. Et il le fera.

Oncle Mac regarda Janice.

— Bon, il y aura bientôt une autre vente aux enchères, fit-il. Si la jument ne convient pas, elle y retournera samedi prochain. Les acheteurs de viande vont… Enfin, on ne perdra pas grand-chose.

Il fit claquer sa grosse main sur le cou de Mondaine.

— Qui sait, ma vieille, tu peux te révéler un bon cheval de bât. Ambrose pourrait même te garder contre son salaire de cet été…

Sa voix s'éteignit. Il pensait à Blackie.

Tante Madge posa une main sur mon épaule.

— Ont-ils dit comment elle s'appelait ?

Terriblement mal à l'aise, je secouai la tête. Je me sentais affreusement lâche et menteur, mais je ne parvenais pas à dire la vérité.

— Un animal beau et grand comme ça a besoin d'un joli nom, reprit ma tante.

Elle souriait : ma tante aimait ce cheval.

— Je… euh… je pensais l'appeler Flamme, bredouillai-je.

— Va pour Flamme, approuva tante Madge.

Oncle Mac acquiesça.

Les clients avaient écouté tranquillement notre conversation. À présent, ils se levaient pour caresser la nouvelle jument.

— Ambrose, tu ferais mieux d'aller manger maintenant, conseilla ma tante. On va décharger les chevaux.

Janice m'observait. Elle n'aurait jamais mangé avant de débâter un cheval.

Mais j'avais besoin d'être seul, si bien que je gagnai la grande tente faisant office de cuisine. Une volute de fumée s'échappait de la cheminée de la cuisinière du camp. Tante Madge avait dû me garder une tonne de nourriture au chaud.

Mon dîner était dans le four – jambon cuit, gratin de pommes de terre, maïs en boîte. Il y avait même une énorme part de tarte aux pommes sur la table et du pain frais. Tante Madge faisait du pain tous les jours.

Pourtant, je n'avais aucune envie de manger. Je me servis légèrement et m'assis, appuyant les coudes sur la nappe en plastique usée. Il faisait si sombre là-dedans que j'y voyais à peine. Mais si j'allumais la lampe à gaz, certains clients viendraient traîner dans la tente.

Demain, nous aurions une grosse journée, Janice et moi. Nous devions conduire deux clients au lac de Wapta, M. Friesen et son fils, un morveux de dix ans. Ça signifiait cinq longues heures à chevaucher dans des passages escarpés de montagne.

M. Friesen, un photographe célèbre, voulait passer une semaine près du lac, afin de prendre des photos de fleurs sauvages qu'il rassemblerait dans un livre. Nous devions donc emmener tout ce qu'il fallait pour une semaine.

Nombre de personnes avaient entendu parler des fantastiques parties de pêche et des fleurs du lac de Wapta. Mais peu de gens s'y rendaient à cause des sentiers affreusement abrupts qui y menaient. Cette tâche serait un test pour Mondaine.

Ce voyage m'inquiétait encore pour une autre raison : moi non plus, je ne m'étais jamais rendu au lac de Wapta. La surcharge de travail nous obligeait, Janice et moi, à nous débrouiller seuls.

Quand, dans la grande tente, il fit trop noir pour y voir quoi que ce soit, je me résignai à allumer la lampe. Je saisis alors un vieux journal pour me changer les idées pendant que je continuais à picorer dans mon assiette. Le sifflement de la lampe et son halo jaune me retranchaient du monde.

Puis le rabat de la tente se souleva. Je ne

levai même pas les yeux ; je me doutais que c'était Ryan Friesen. Il me lança :

— Salut, Ambrose.

Je marmonnai un salut en feuilletant le journal. Ce morveux était la dernière personne à qui j'avais envie de parler. Depuis son arrivée, il faisait bêtise sur bêtise.

Il avait répandu notre dernier pot de beurre de cacahuète sur un arbre pour nourrir les écureuils. Versé un seau d'eau de la rivière sur la cuisinière chaude parce que ça faisait des « grésillements sympas ».

— Hé, Ambrose ! lança-t-il à nouveau.

Je tâchai de l'ignorer.

— Regarde, je suis un cow-boy, dit-il d'une voix traînante.

Je levai les yeux. Ce petit gringalet avait pris mon lasso et le faisait tournoyer autour de sa tête.

— Hé, donne-moi ça, lui ordonnai-je.

Il sourit et continua de jouer.

Le lasso est un objet personnel avec lequel on ne plaisante pas. Il doit être enroulé toujours exactement de la même façon, sinon il s'entortille et ne sert plus à rien.

— Donne ça, répétai-je.

— Pourquoi ?

— Parce que personne ne touche à mon lasso – voilà pourquoi.

Ryan ne comprenait rien. Il faisait tourner la corde au-dessus de ses cheveux bruns et bouclés.

— Rends-moi ça ! m'énervai-je.

Je n'étais pas doué pour mater les mioches.

Le rabat de la tente s'ouvrit de nouveau. M. Friesen entra d'un pas rapide. Sans un mot, il saisit le lasso, me le tendit et fit sortir son gamin.

Quelques minutes après, le père était de retour. Je soupirai et reposai mon journal.

— Désolé, s'excusa-t-il. Cet enfant a été livré à lui-même pendant trop longtemps. Je n'arrête pas de le dire à mon ex-femme : mieux vaut qu'il pleure maintenant que nous deux plus tard. Elle le chouchoute trop. Le fait qu'ils habitent dans la ferme des grands-parents n'arrange rien. Ils laissent faire à cet enfant tout ce qu'il veut…

Je hochai la tête, comme si j'avais l'expérience de ce genre de problème.

Il prit une profonde inspiration.

— Ryan a besoin d'apprendre le respect et le sens des responsabilités. Je pensais qu'un cheval l'y aiderait, mais chaque bête que je lui présente le désarçonne ou s'enfuit.

Pas étonnant…

J'avais vu le sale mioche talonner méchamment le joli petit cheval nommé Velours qu'on avait choisi pour lui la veille. Ryan avait joué au cow-boy en flanquant des coups de talon dans les côtes de l'animal et en tirant comme un dingue sur ses rênes. Il avait même essayé de le faire galoper dans la boue alors qu'il pleuvait à verse. C'était la première fois que je voyais Velours refuser d'obéir à un ordre.

« Non, Ryan n'obtiendrait rien d'un cheval », me dis-je, mais je ne pus que répondre :

— Un bon cheval pour enfants est une bête rare.

— Ouais, approuva M. Friesen. Les chevaux à vendre sont soit des poneys têtus, soit de vieux chevaux usés.

Je me disais que Mondaine ferait un excellent cheval pour enfants, mais pas pour ce morveux de Ryan Friesen. Sûrement pas.

Chapitre 5

Dans les nombreux campements des montagnes Rocheuses, on trouve un oiseau appelé geai gris, qui s'apprivoise au contact des humains. En fait, cet oiseau apprend surtout à voler la nourriture. Des geais des plus audacieux vivaient dans le camp d'oncle Mac.

Le lendemain matin, alors que les clients prenaient leur petit déjeuner, un geai se percha sur le bord d'une assiette, saisit un morceau de crêpe et l'emporta dans un arbre.

C'est alors que Ryan Friesen se mit en tête d'attraper cet oiseau. Il prit une de nos caisses vides pour faire un piège. Il cala un bord de la caisse sur un bâton à la verticale et noua une ficelle à ce bâton. Puis il mit des bouts de crêpe sous la caisse en guise d'appât.

Janice et moi étions en train de plier une grande tente pour Wapta. Je regardais Ryan, étendu sur le ventre, attendant que l'oiseau vienne voler les morceaux de crêpe.

J'aurais dû me réjouir : au moins, ces stupidités me changeaient les idées, je ne pensais plus à Blackie pendant ce temps-là ! Mais, bizarrement, ça me rendait plus nerveux .

— Ce sale morveux n'a même pas demandé la permission d'utiliser la caisse, marmonnai-je à Janice.

— T'as pas le temps de te faire du souci à cause de ce môme, rétorqua-t-elle. Emmener les Friesen à Wapta nous en crée déjà assez comme ça.

Je saisis une caisse et commençai à la remplir de provisions.

— Ambrose, reprit Janice, n'oublie pas d'envelopper le beurre, le fromage et la viande congelée dans du papier journal. Sinon, tout sera fondu d'ici notre arrivée là-haut.

J'acquiesçai en me mordant les lèvres. Bien sûr que je n'aurais pas oublié. Avec ce malheureux petit nuage seul dans le ciel, n'importe quel imbécile aurait deviné que la journée allait être chaude. Je n'avais pas besoin qu'elle joue au chef avec moi.

Janice préparait les chevaux de bât quand M. Friesen arriva. Il transportait trois gros appareils photo, un énorme trépied, plusieurs objectifs et une volumineuse pile de livres.

— Vous ne pouvez pas emporter tout ça, lui dit Janice. Mac doit conduire tout un groupe de randonneurs jusqu'à un autre lac pour quelques jours ; nous sommes à court de chevaux de bât cette semaine.

— Mais j'ai besoin de ce matériel, répliqua-t-il.

Janice leva les yeux au ciel.

— Pourquoi auriez-vous besoin de trois appareils ?

M. Friesen éleva la voix.

— J'utilise des films différents pour chaque appareil. Je vous paie correctement pour monter tout ça, non ?

Janice posa les mains sur les hanches.

— Je me moque de ce que vous payez – nous n'avons que trois chevaux de bât cette semaine. Trois pour quatre personnes.

Comme la dispute prenait de l'ampleur, oncle Mac dut intervenir. Finalement, M. Friesen accepta de ne prendre que deux appareils, certaines lentilles, trois livres et, bien sûr, son trépied. Mais il n'était pas content.

Pendant ce temps, Ryan, toujours à plat ventre, essayait de piéger un geai gris. À chaque fois qu'il tirait sur la ficelle, l'oiseau s'envolait juste avant que la caisse ne se referme sur lui. Et il réussissait à emporter un morceau de crêpe.

Comme M. Friesen devait passer sa colère sur quelqu'un, il se dirigea à grandes enjambées vers son fils. Il lui ordonna d'arrêter ses stupidités, le remit debout et le traita de cochon – ce qui était vrai : son tee-shirt était couvert de poussière et de taches d'herbe.

Cela mit Ryan de mauvaise humeur. Il s'approcha de moi alors que je fixais la selle sur Velours. Et il se mit à m'énerver. Il ne cessait de me demander pourquoi il devait monter ce « cheval rasoir ».

Je sentis la colère m'envahir, si bien que je lui répondis qu'il pouvait aussi bien monter un geai si ça lui faisait plaisir, ça ne me dérangeait pas.

Lorsque nous commençâmes à charger Mondaine, les problèmes s'annoncèrent.

— Les chevaux sont encore trop chargés, dis-je à Janice. Nous devons tous laisser quelque chose. Pour une fois, tu pourrais te passer de ton gros oreiller ou de tes gros romans-westerns.

— T'es en train de dire que ta nouvelle jument est trop vieille ou trop faible pour porter tout ça ? fit-elle en plissant les yeux. Tu devrais bâter ton cheval de selle, dans ce cas. Sinon, charge tout ça sur cette pauvre bête et tais-toi.

Ce n'était pas facile de tenir tête à cette fille, mais j'étais tellement furieux que je m'en fichais.

— Depuis quand es-tu la patronne de cette randonnée ?

Ma réflexion agaça oncle Mac. Il affirma que Janice avait travaillé dur toutes ces années et que personne n'avait le droit de l'insulter.

Quand les chevaux furent enfin prêts, nous étions tous d'une humeur massacrante. Seule tante Madge souriait, car personne n'avait trouvé de chose désagréable à lui dire.

Lorsque nous partîmes, Ryan commença à tirer sur la tête de Velours, claqua des talons contre ses côtes...

Janice stoppa son cheval et jeta à Ryan un regard qui aurait décimé une armée.

— Écoute-moi, petit, dit-elle. Si tu continues à maltraiter Velours, tu feras le chemin à pied. Traite-le avec respect, compris ?

Le garnement hocha la tête. Il avait compris qu'il valait mieux garder le silence. D'ailleurs personne ne souffla mot.

On s'engagea sur le sentier. Les trois chevaux de bât vacillaient sous le poids des caisses. Il me déplaisait de les voir si lourdement chargés. Je me consolais en me disant que l'épreuve ne durerait que cinq heures et qu'ils auraient ensuite une semaine de repos pendant que nous camperions. De toute façon, ils auraient beaucoup moins à porter au retour puisqu'une grande partie du chargement consistait en vivres.

Il est difficile de rester fâché quand on chevauche à travers bois. L'air plus frais imprégné de l'odeur des sapins calma nos nerfs. Une épaisse mousse ressemblant à de la fourrure poussait entre les arbres. Tout était si beau, et le sentier ne semblait pas si pénible.

Hélas, en moins d'une heure, il se dégrada. À l'évidence, plus personne ne l'utilisait. Les pauvres chevaux devaient lever haut la jambe par-dessus des troncs pourris couchés comme des barrières.

Nous longeâmes une corniche sablonneuse au-dessus d'une rivière. À notre passage, de gros paquets de sable tombaient dans l'eau. Si un cheval faisait un faux pas, lui et son

chargement termineraient au fond de la rivière, très loin en contrebas.

Oncle Mac ne nous aurait jamais confié une telle expédition s'il n'y avait pas eu autant de boulot. Mais le métier de guide de montagne, c'était ça : une vie dure. J'aurais pu gagner plus d'argent en faisant n'importe quel autre job d'été. Pourtant, la présence des chevaux et des montagnes n'avait pas de prix à mes yeux.

En revenant dans la forêt, le sentier se fit plus abrupt. Nous atteignîmes une pente rocheuse qui s'était effondrée des siècles auparavant tout le long du flanc de la montagne. Les chevaux avançaient entre des rochers aussi gros que des voitures, faisant osciller leur chargement de droite à gauche. Ils grimpaient et s'efforçaient de garder leur équilibre sur la roche glissante.

Trempées de sueur, les bêtes haletaient. On s'arrêta pour leur permettre de se reposer. Mondaine mettait beaucoup de temps à reprendre son souffle. La tête basse, elle tremblait sur ses pattes en gravissant les passages escarpés.

Et si je l'avais sauvée de l'abattoir pour la voir mourir dans les montagnes…

Chapitre 6

J'étais habitué aux chemins difficiles, mais celui-ci me semblait ridiculement resserré. Ce sentier – si on pouvait appeler ça un sentier – serpentait entre des rochers aux arêtes vives. Aussi étroit qu'un toboggan.

La sueur dégoulinait des épaules et des jambes des chevaux en une écume blanche. J'espérais qu'un de ces orages qui accompagnaient habituellement des journées chaudes comme celle-ci éclaterait bien vite. Ça nous rafraîchirait.

Bientôt nous atteignîmes un talus qui semblait impossible à franchir quasi vertical et toujours aussi rocheux. Les bêtes avaient besoin de repos avant de l'attaquer.

— C'est la partie la plus difficile du trajet, commenta Janice. Ensuite ça s'améliore.

Mondaine haletait sans cesse.

— Regarde, Ambrose, elle est forte mais elle n'a pas les poumons d'une jeune fille pour escalader les montagnes.

— C'est encore loin ? demanda Ryan.

— Environ une heure de route, répondit Janice.

Je jetai un coup d'œil à ma montre. Déjà cinq heures.

Le cheval de Janice se dirigea vers le talus, les jambes pliées ; on aurait dit qu'il rampait. À l'arrêt, je criai à ma coéquipière :

— Il n'y a pas d'autre chemin ?

Janice stoppa.

— Si, mais il nous faudrait un hélicoptère.

Elle eut l'air inquiet lorsqu'elle vit mon expression :

— Tu penses que ta jument ne tiendra pas le coup ?

Je tirai sur les rênes de Mondaine pour la faire avancer. En quelques secondes, la pauvre bête fit entendre un bruit de moteur à vapeur. Elle était trop lourdement chargée pour son âge. Janice avait raison, Mondaine était trop vieille pour ce genre d'expédition.

Les fers des animaux dérapaient contre la

roche, ils luttaient pour gravir cette fichue montagne, les pattes ployées sous les caisses, le souffle court. Je sentais la bride de Mondaine se tendre dans ma main. Je me retournai. Elle avait vraiment des difficultés. Tout en gémissant, Mondaine baissa la tête et tituba près d'un gros rocher.

Puis, comme dans les films, elle s'écroula. La jument resta allongée sur le flanc, la croupe coincée contre la roche, une patte de derrière tordue sous elle, un sabot ensanglanté…

D'un bond, je mis pied à terre et me penchai sur la bête épuisée. Je lui soulevai la tête.

— Lève-toi ! criai-je paniqué, les mains tremblantes.

Mondaine grogna en posant sur moi des yeux voilés. Puis elle étendit la tête pour la laisser reposer contre un rocher, les paupières closes. Elle gémissait. Ses lèvres s'entrouvrirent, laissant apparaître ses dents et sa langue. On aurait dit qu'elle faisait une crise cardiaque.

— Tu dois te relever, la suppliai-je.

Ses paupières aux longs cils droits et bruns demeuraient fermées.

Affolé, je regardai autour de moi. Debout

au pied du talus, Ryan et son père avaient l'air terrifié.

Janice me rejoignit et se mit à pousser la croupe de la jument. Je poussai aussi de toutes mes forces mais ma position était mal assurée.

Le souffle de Mondaine ne semblait plus aussi pénible. En fait, il devenait léger. Trop léger.

Elle perdait conscience.

— Lève-toi ! hurlai-je, la voix chevrotante.

Saisissant les rênes, je soulevai sa grosse tête, mais quand je cessai de tirer sur les cordes, sa tête retomba sur la roche.

La jument ne bougeait plus. J'avais mis cet animal dans une situation impossible. Ouais, le grand héros l'avait sauvée de l'abattoir. Sauvée ! N'aurait-il pas mille fois mieux valu qu'elle meure à l'abattoir plutôt que dans des conditions aussi douloureuses ?

La pauvre Mme Longhurst, dans sa maison de retraite d'Edmonton, devait se demander comment allait sa jument. Heureusement qu'elle n'était pas là.

— Ambrose, ne reste pas là ! cria Janice. Ôte-lui son bât, défais les sangles !

À quoi bon ? Ce cheval agonisait, là, devant nous.

Janice grimpa sur le rocher et me poussa sur le côté. D'un geste rapide, elle dénoua et enleva la bride. Le bât se libéra. Ce faisant, un sac de couchage roula sur la colline en rebondissant. M. Friesen partit le récupérer.

Je dégageai le bât tandis que Janice débouclait les deux sous-ventrières.

La jument ne bougeait toujours pas. Immobile, elle respirait à peine. Janice claqua le chanfrein et l'encolure du cheval, saisit un de ses sabots qu'elle secoua. Il fallait rétablir la communication avec la bête, lui donner le courage de lutter pour rester en vie.

Je m'agenouillai près d'elle, lui frottai les joues en l'appelant par son nom :

— Mondaine, Mondaine, allons, lève-toi…

— Mondaine ? répéta Janice, perplexe. C'est son nom ?

— Ouais.

Les cils de la jument frémirent.

— Mondaine, appela Janice.

La grosse tête du cheval bougea. Nous prononçâmes son nom ensemble. Un œil s'ouvrit. Elle grogna en remuant les lèvres.

Janice se leva alors d'un bond, escalada les rochers vers son cheval pour prendre une gourde et redescendit. Elle versa de l'eau dans la bouche de la jument qui se désaltéra.

Nous lançâmes alors un cri de joie comme si nous venions de gagner un match de foot.

On continua à l'appeler, à la frotter, à la pousser pour qu'elle se lève. Mondaine grogna de nouveau, souleva sa grosse tête, les yeux ouverts, et commença à remuer les jambes.

Puis elle prit une profonde inspiration.

— Écarte-toi ! me hurla Janice. Elle va se lever !

La patte de derrière libre battit l'air à plusieurs reprises. L'animal s'ébroua de la tête à la queue puis, d'une puissante secousse, tendit les pattes de devant pour se remettre sur pied.

Nous poussâmes de tout notre poids contre un de ses flancs. Mondaine fit un effort brusque en agitant les pattes contre les rochers.

Et elle fut enfin debout. Mondaine tremblait, la tête basse, mais elle s'était relevée.

À cet instant, je sus que je ne lui demanderais plus jamais de porter ce bât. Et ça, quoi qu'il arrive.

Chapitre 7

Les Friesen avaient abandonné leurs montures et escaladé le talus à pied. Nous nous tenions tous là, à observer Mondaine. Elle s'ébrouait en regardant autour d'elle.

Du sang coulait encore d'une de ses pattes mais commençait à coaguler. Les autres écorchures semblaient très superficielles.

— Voyons si elle peut sortir de là, dit Janice.

Je tirai sur la corde de Mondaine. Elle avança en traînant les sabots, boitillant à cause de sa jambe blessée. Puis, franchissant un rocher, elle arriva sur un endroit plus plat.

Dès que je tirais sur la corde, elle avançait un peu. La jument grimpait en ménageant sa patte écorchée puis, quelques mètres plus loin, elle cessa de boiter.

Mondaine pouvait certainement atteindre Wapta, à condition qu'elle n'ait pas de charge à porter.

— Et maintenant ? demanda Janice.

La cargaison était éparpillée autour de nous.

— Elle ne pourra plus porter tout ça, répondis-je, m'attendant à ce qu'une dispute éclate.

Bizarrement, Janice ne dit pas un mot. Elle hocha simplement la tête.

Je regardai le matériel par terre, puis M. Friesen avec colère. C'était tout son fatras qui surchargeait les bêtes. J'avais l'impression qu'il avait deviné mes pensées.

— Je suis désolé, marmonna-t-il.

— On pourrait bâter Dusty, proposai-je avant de montrer la vieille jument. Je marcherai pour la guider, ma selle n'est pas lourde. Mondaine… enfin, Flamme…

Ils éclatèrent de rire.

— Mondaine ! pouffa Janice. Ça c'est un nom ! D'où l'as-tu tiré ?

— Euh… on m'a dit qu'elle s'appelait comme ça, mais je l'ai changé. Ça sonnait mal pour un cheval…

— Tu as bien fait, rétorqua-t-elle.

— En fait, c'est aussi stupide qu'Ambrose, fit Ryan en ricanant.

À ma grande surprise, Janice jeta un regard glacial au sale mioche puis tapota l'épaule de la jument.

— Ouais, Mondaine. Tu es une vieille chose, mais une vieille chose plutôt courageuse, dit Janice.

Je n'en croyais pas mes oreilles. Janice avait donc un cœur ?

Quand Dusty fut chargé « jusqu'à la gueule » , on se remit en route, Janice et son cheval de bât en tête. Je fermai la marche en guidant Mondaine.

La jument marchait plutôt bien après ce qu'elle avait enduré. Cependant, elle avait réduit sa vitesse de moitié. Les autres devaient sans cesse s'arrêter pour nous attendre.

Finalement, je pris une décision.

— Continuez, ne nous attendez pas.

M. Friesen semblait se sentir responsable de la situation.

— Je vous aiderai à monter les tentes, dit-il.

Je hochai la tête.

— Vous pouvez même préparer le dîner avant mon arrivée, repris-je.

Janice fronça les sourcils.

— Ça ne me rassure pas de te laisser seul, Ambrose.

— T'inquiète pas, ça prendra une heure de plus, c'est tout.

— Ryan pourrait rester avec toi, proposa M. Friesen.

J'écarquillai les yeux d'horreur.

— Bien sûr, répondit Janice en minaudant. C'est une bonne idée.

— Je me débrouillerai très bien seul, rétorquai-je en lui lançant un regard noir.

— Non, non, c'est une bonne idée, insista-t-elle. Ryan peut marcher en guidant Velours et en suivant Mondaine. Si ça tourne mal, tu pourras monter Velours.

Le gosse souriait jusqu'aux oreilles. C'était la grande aventure pour lui. Que faire ?

Quand ils se remirent en route, Janice lança par-dessus son épaule :

— À tout à l'heure, Ambrose. Amuse-toi bien !

Je lui fis une grimace mais elle avait déjà disparu derrière un virage.

Ryan et moi restâmes tous les deux seuls. Je marchais lentement en essayant d'oublier le souffle rauque de la jument ; Ryan suivait avec Velours.

Au début, le sentier, trop mauvais, nous

empêchait de discuter. Mais peu à peu, Ryan devint un vrai moulin à paroles. C'était presque un soulagement d'avoir ce sale mioche pour me distraire. Cela m'évitait de penser à mon problème numéro un : qu'allais-je faire de Mondaine ? Et je réalisai, effaré, à quel point je m'étais déjà attaché à elle.

Lorsque nous nous arrêtâmes pour nous reposer, je caressai l'encolure en sueur de la jument mais Ryan interrompit le cours de mes pensées.

— Alors, elle va partir à l'abattoir maintenant ? Personne ne voudra d'un cheval qui s'écroule tout le temps.

— Elle ne s'écroule pas tout le temps ! C'est arrivé une fois à cause de tout le bric-à-brac de ton père qui a surchargé les chevaux.

— Regarde comme elle est essoufflée.

— Pas plus que toi !

J'essayais de ne pas crier :

— Quand on n'est pas habitué à la montagne, on s'essouffle vite.

Ryan secoua la tête. Pas d'accord.

— J'ai entendu ce que ton oncle a dit, hier soir. Elle rapportera pas mal d'argent pour sa viande. Comme ça, vous pourrez acheter un bon cheval.

— C'est un bon cheval ! m'énervai-je.

Simplement, ces montagnes sont trop dures pour elle parce qu'elle est un peu âgée. Mondaine est parfaite pour la monte ou l'attelage.

— Comment tuent-ils les chevaux à l'abattoir ? demanda-t-il. D'un coup de fusil ?

Je n'osai même pas le regarder. Si ce morveux avait encore le malheur d'ouvrir la bouche, je l'étranglerais sur place.

Chapitre 8

Le sentier avait beau devenir moins tortueux, Mondaine respirait toujours aussi fort.

Lorsque nous atteignîmes le col exposé au vent, nous nous retrouvâmes encerclés par des rangées de montagnes bleues aux crêtes enneigées. C'est à peine si Ryan remarqua la vue.

— Ambrose, Janice est ta petite amie ?

Je lui lançai un regard haineux en soupirant. Qu'est-ce que j'avais fait pour mériter ça ?

Nous descendîmes l'autre versant de la montagne. Nos chevaux dérapaient sur les rochers. Après un petit bois de sapins, le sentier s'améliora nettement. Mondaine, qui respirait maintenant normalement, commença à marcher plus vite, mais la fatigue était toujours présente.

Finalement, à un détour du chemin, nous aperçûmes un petit lac en contrebas. Tout près se dressaient notre grande tente en toile et celle, plus petite et en Nylon, de Janice.

Pendant la descente, la bonne odeur des steaks mis à griller parvint jusqu'à nous.

— Encore des steaks ? se plaignit le morveux. Quand va-t-on manger des hot-dogs ?

Je le fusillai du regard.

Nous gagnâmes très rapidement le camp et dînâmes en silence. Fatigués et affamés, nous n'avions même plus la force de dire le moindre mot.

Après avoir fait la vaisselle, Janice et moi

menâmes les bêtes s'abreuver au lac, puis nous les attachâmes aux arbres pour la nuit. Entre-temps, Ryan avait disparu, mais on eut tôt fait de le retrouver. Il dormait profondément dans la grande tente, pelotonné dans une bâche près des caisses de bât.

Tandis que je tenais la lampe torche, M. Friesen déroula deux sacs de couchage. Il souleva son fils et l'installa dans la couverture en refermant la fermeture Éclair – le tout sans le réveiller. J'étendis mon sac près des leurs.

À côté, j'entendais Janice qui s'affairait encore. Elle éteignit le feu de camp puis partit se coucher.

Le lendemain matin, Mondaine semblait raide comme un piquet. Néanmoins, quand je lui fis faire quelques pas, elle se dégourdit. Sa blessure à la patte et les autres écorchures cicatrisaient doucement. Cela me rassura.

Mes compagnons semblaient être de bonne humeur pendant le petit déjeuner. Ce qui signifiait aussi que Ryan jacassait comme une pie, à tel point que je regrettais qu'oncle Mac ne nous ait pas offert des boules Quies avant le départ.

Pendant que Janice et moi faisions la vaisselle, M. Friesen gagna les prairies, chargé

comme une mule ; il avait pris les appareils photo, des livres et le trépied.

Lorsque Janice tendit un torchon à Ryan, il essuya quelques assiettes puis, las, jeta le torchon sur un tronc couché et s'en alla.

— Hé, regarde où tu ranges les choses ! gronda Janice. Ce tronc est dégoûtant. À ton avis, pourquoi a-t-on planté des clous dans ces pauvres arbres ? Pour accrocher les torchons, pardi !

Ryan marmonna quelque chose du genre :

— C'est pire que d'accompagner mon père…

Après le déjeuner, nous partîmes chercher du bois pour alimenter le feu. Nous devions dénicher des arbres morts mais solides, les abattre, puis les ramener au camp avec l'aide des chevaux.

Ryan nous supplia de l'emmener avec nous.

— Pas question, déclara Janice. Tu serais capable de t'asseoir sous l'arbre que nous abattrons !

Je récupérai ma selle et allais rejoindre Dusty quand je changeai d'avis. Je monterais Mondaine. Janice verrait que ce n'était pas un mauvais cheval.

Lorsque je commençai à installer la selle, Janice ricana.

— Tu as juré la mort de cet animal, fit-elle.

— Il fait moins chaud aujourd'hui, on ne va pas trop loin et je ne suis pas aussi lourd que ces caisses, rétorquai-je. Qui sait, je pourrais la monter et bâter Dusty jusqu'à la fin de l'été.

Elle garda le silence.

Nous gravîmes deux grandes collines puis le versant d'une montagne avant de dénicher quelques arbres morts. Lorsque nous attaquâmes la troisième pente escarpée, Mondaine commença à haleter.

On s'arrêta afin qu'elle reprenne son souffle.

— Tu vois, ce n'est pas le chargement ou la chaleur qui sont seuls en cause. Même toi tu es trop lourd pour elle lorsqu'il y a une côte à monter.

— Elle n'a pas encore complètement récupéré de la journée d'hier, dis-je. Il lui faudra un moment pour retrouver sa forme.

Ma coéquipière sourit d'un air moqueur :

— Ambrose Metford, veux-tu que je te dise ? Ça me déchire le cœur de voir ce pauvre animal fatigué se tuer à essayer de…

Janice baissa la tête.

— Elle me fait penser à ma mère.

Bouche bée, je me redressai sur ma selle.

— Ta mère ?

— Ouais. Et ne prends pas cet air choqué,

Ambrose. Tu ne sais pas à quel point c'est pénible pour un enfant de voir sa mère partir chaque jour pour aller frotter le parterre des gens. La mienne a travaillé comme une bête de somme pour nourrir ses enfants et son ivrogne de mari. Elle revenait épuisée et elle avait encore du travail à la maison…

— Je… je suis désolé, Janice.

— Je ne veux pas de ta pitié – nous n'avons besoin de la pitié de personne, dit-elle d'une voix éteinte. Je veux simplement que tu saches qu'il est injuste de pousser ce cheval comme tu le fais. Tu ne trompes personne, Ambrose, même si ces bêtes ont le cœur et le courage de continuer jusqu'à la mort.

Que répondre à cela ?

Je gardai le silence.

Chapitre 9

La journée du lendemain fut à nouveau chaude, mais un orage éclata dans l'après-midi. Remballant ses appareils, ses livres, ses notes, M. Friesen quitta les prairies au pas de course et se précipita dans la grande tente pour mettre son matériel à l'abri.

Assis sous la tente, nous écoutâmes le tonnerre gronder.

— Et les chevaux ? demanda Ryan. Ils n'ont pas peur ?

— Il y a tellement d'orages dans la région qu'ils y sont habitués, répondit Janice.

— Le climat des montagnes est très bizarre, ajoutai-je en me tournant vers les Friesen. Il peut faire beau et chaud et, quelques secondes après, se mettre à tonner et à pleuvoir – ou même à neiger. C'est pourquoi quand on part l'été on emporte de grosses vestes et des imperméables.

Nous discutâmes ainsi tandis que la pluie martelait la tente, quand Ryan commença à se plaindre : « Monsieur » s'ennuyait.

C'est alors que je fis une terrible erreur. Oncle Mac m'avait dit qu'on pouvait trouver des fossiles dans les gros rochers, plus haut sur le sentier. Je proposai donc à Ryan de faire une petite excursion à cheval dès que l'occasion se présenterait.

— Des fossiles ? répéta-t-il, les yeux brillants. Quel genre de fossiles ?

— Oncle Mac m'a parlé de fossiles de coquillages marins, de feuilles et d'un tas d'autres choses encore, répondis-je, assez excité. Les rochers en sont pleins. Il suffit de suivre le sentier par lequel nous sommes venus. L'endroit devrait être facile à trouver.

— Des coquillages marins ! Ici, dans les montagnes ? fit-il, étonné. Allons-y cet après-midi ! Dès qu'il ne pleuvra plus, s'il te plaît…

Je me rendis compte que Janice me regardait. Mais pourquoi avais-je ouvert la bouche ?

Ryan n'en démordait plus. Il voulait voir les fossiles, le plus tôt possible.

Le lendemain au petit déjeuner, il avait toujours ça en tête.

— Je peux y aller seul si vous êtes trop occupés. Ambrose dit que ce n'est pas difficile à trouver, et il n'y a qu'un sentier. J'irai avec Velours.

— N'y pense même pas, trancha son père.

Janice se mit à rire.

— Ne vous inquiétez pas, monsieur Friesen. Un gamin ne pourrait jamais partir seul avec Velours, même avec la meilleure volonté du monde. Il est habitué à la compagnie des autres chevaux. Sans eux, rien à faire.

J'acquiesçai.

— Même nous, nous avons du mal à monter le sentier avec un seul cheval, dis-je. Dès qu'ils sont ensemble, ils ne veulent plus se quitter. C'est leur nature.

— Papa, je peux t'aider à prendre des photos ? En même temps, on irait voir les fossiles…

— On verra, répondit M. Friesen.

Toute la matinée, Ryan aida son père du mieux qu'il put. Il porta le trépied, les livres, les objectifs… Mais il devenait de plus en plus impatient, et M. Friesen, tout à son travail, prêtait de moins en moins attention à son fils.

Sans doute fut-ce une erreur de les laisser

seuls, mais cet après-midi-là, Janice et moi devions à nouveau aller chercher du bois pour le feu. Cette fois, je montai Dusty, afin que Mondaine se repose.

— Quand vous reviendrez, on pourra aller voir les fossiles ? demanda Ryan, tenace. Je sellerai Velours pour être prêt à partir.

— Quand on reviendra, on devra scier le bois et préparer le dîner, répondit Janice.

Après avoir grimpé un versant de la mon-

tagne et abattu deux arbres morts, Janice et moi nous assîmes pour contempler la vallée. Autour de nous on n'entendait que le bourdonnement des insectes butinant les fleurs sauvages.

Que c'était agréable d'être loin du campement, de ne rien faire sinon admirer la vue — même si j'avais du mal à m'empêcher de penser à Blackie ou à Mondaine.

Finalement, Janice brisa le silence.

— Ambrose, tu as discuté avec le propriétaire de Mondaine, n'est-ce pas ?

Je tâchai d'éviter son regard.

— Pourquoi tu dis ça ?

— Parce que aucun commissaire-priseur n'est assez fou pour révéler aux acheteurs qu'un cheval s'appelle Mondaine. Tu as rencontré son propriétaire.

J'arrachai un brin d'herbe.

— Et alors ?

— Je suis certaine que tu connais l'âge de ce cheval.

Je pris une profonde inspiration :

— Tu me croiras si je te dis qu'elle a vingt-cinq ans ?

— Ouais.

Le ton de sa voix était étrange, presque doux. Et je m'entendis lui raconter toute l'histoire. Elle m'écouta sans m'interrompre ni ricaner. Pourquoi se fatiguer à mentir ?

— Maintenant, je me casse la tête pour trouver un moyen intelligent de sortir de cette affaire, soupirai-je.

— La chose intelligente aurait été de ne pas acheter ce cheval…

— Pourquoi ai-je été te raconter ça ?

— Calme-toi, je suis de ton côté.

Je posai le menton sur mes genoux.

— Si seulement je pouvais la faire tenir jusqu'à la fin de l'été. Après, j'aurais le temps de lui trouver un bon foyer en mettant une annonce dans les journaux.

Janice soupira.

— Ambrose, on a besoin d'un autre cheval de bât maintenant. Oncle Mac n'a pas les moyens d'en acheter un, et toi non plus. Tu dois revendre Mondaine. Cette semaine.

Je secouai la tête.

— Elle fera un excellent cheval de selle pour enfants.

— Tu as réussi à laisser partir Blackie ; pourquoi tu t'obstines avec Mondaine ?

— Parce qu'elle est vivante et en bonne santé. Et à cause de Blackie aussi – tu ne peux pas comprendre.

— Avoir le cœur tendre ne paie pas – ça je l'ai compris en tout cas.

— Au moins, j'en ai un ! rétorquai-je sèchement.

Janice se mit à rire.

— Certaines personnes doivent ne pas avoir de cœur si elles veulent survivre. Ça devient peut-être une habitude.

Nous remontâmes en selle et regagnâmes le camp. Nous traînions chacun un arbre au bout d'un lasso.

— Dommage que Ryan soit si pénible, dit Janice quelques minutes plus tard. Tu aurais pu lui vendre Mondaine…

— Ryan ? Je ne souhaiterais même pas à un grizzly de tomber sur ce mioche ! Non, j'espère simplement qu'il y aura un type aussi stupide que moi à la vente, la semaine prochaine.

— T'aurais de meilleures chances avec le gosse, insista-t-elle.

Janice souriait, bien qu'elle parût aussi soucieuse que moi.

— Hé ! s'exclama-t-elle lorsque nous atteignîmes le campement. Où est Mondaine ?

Les chevaux étaient attachés aux arbres, tandis qu'une grosse bûche se trouvait à la place de la vieille jument. Une bûche assez haute pour permettre à un gosse de seller un grand cheval.

Sans perdre une seconde, nous fonçâmes au galop vers la prairie. À notre arrivée, M. Friesen se tourna immédiatement vers nous.

— Où est Ryan ? demanda Janice.

Il haussa les épaules.

— Il doit être quelque part par là…

— Ben voyons ! fit Janice. Je vous ferais remarquer que Mondaine a disparu, tout comme votre fils. Pas besoin d'être Sherlock Holmes pour deviner où il est allé.

M. Friesen devint blanc comme un linge.

— Les fossiles ! s'exclama-t-il.

Nous nous précipitâmes au campement et sellâmes un autre cheval pour M. Friesen.

— Quand avez-vous vu Ryan pour la dernière fois ? demanda Janice.

— Il y a une heure, peut-être plus...

— Mieux vaut prendre votre imperméable, conseilla-t-elle. Avec un après-midi aussi chaud, il faut s'attendre à un orage. Prenez aussi le ciré de votre fils.

M. Friesen fouilla la tente puis le campement.

— Je n'arrive pas à mettre la main dessus. Ryan a dû le prendre.

— Difficile de croire qu'il ait eu assez de bon sens pour ça, marmonna Janice.

Nous nous engageâmes au trot sur le sentier, mais il devint rapidement trop raide pour maintenir cette allure.

Haletant, les chevaux grimpaient péniblement. Et la chaleur n'arrangeait pas les choses. Ça devait être dur pour Mondaine qui ne savait pas s'arrêter avant qu'il ne soit trop tard. C'était là sa véritable faiblesse.

Chapitre 10

Lorsque nous fîmes une première halte pour reposer les chevaux, M. Friesen manifesta son inquiétude.

— Et si cette vieille jument tombait, Ryan serait coincé sous elle. Elle peut s'écrouler et l'entraîner dans sa chute…

— Ryan n'est pas lourd, dis-je. Mondaine est tombée parce qu'elle était beaucoup trop chargée.

Mon ton manquait de conviction.

Nous nous arrêtâmes souvent pour que les chevaux reprennent leur souffle. Peu à peu, l'air devenait humide, épais et lourd ; on se serait cru dans un immense sauna. Les bêtes étaient trempées de sueur.

La peur commençait à me gagner.

Tandis que nous escaladions une corniche escarpée, je regardai vers le bas, m'attendant à découvrir deux corps – celui d'un cheval et celui d'un petit garçon.

Je surpris mes deux compagnons à en faire de même. Nous ne cessions de scruter le fond du ravin, mais il n'y avait rien ni personne. Juste des arbres, des rochers et de la mousse.

Finalement, le sentier s'aplanit. Tout en avançant, nous inspections la forêt du regard à la recherche du moindre signe. Nos jeunes chevaux auraient dû rattraper Mondaine maintenant, même si elle avait une heure d'avance.

Nous traversâmes des prairies couvertes de fleurs sauvages que M. Friesen ne remarqua même pas. Le visage tendu, l'air épuisé, il jetait des coups d'œil dans toutes les directions.

Puis le vent qui se leva nous rafraîchit ; les chevaux devaient apprécier ce petit air frais – Mondaine aussi.

Le sentier recommença à grimper. Très peu d'arbres peuplaient cette zone, cédant la place aux rochers, mais les collines bouchaient la vue. Et le vent se mit à souffler de plus en plus fort.

— Un orage se prépare, dit Janice en retenant son chapeau de cow-boy.

Un énorme nuage se profila au-dessus de la crête. On entendit des grondements et le ciel devint de plus en plus sombre.

— Heureusement que Ryan a son ciré, ajouta-t-elle. Il n'y a pas beaucoup d'abris par ici.

Nous galopions à travers une zone dégagée, parsemée seulement de quelques pauvres arbres rabougris et de sapins se dressant à l'écart du sentier.

La température baissait rapidement, des roulements de tonnerre éclataient sur la montagne, et les chevaux, nerveux, commençaient à piaffer.

« Étrange, pensai-je, puisque les orages font partie de leur quotidien. »

— Je n'aime pas ça, fit Janice.

Elle désigna l'énorme nuage tournoyant qui descendait vers nous. Il avait changé de couleur ; d'abord bleu-noir, il devint d'un gris-jaune qui me donna la chair de poule.

Soudain une pluie terrible se mit à tomber. Elle nous trempa avant même que nous ayons eu le temps d'enfiler nos imperméables. Puis le vent tourbillonna, furieux, et quelques éclats de glace tombèrent du ciel.

En haute montagne, nous n'étions pas habitués à la grêle – juste à la pluie et à la neige. La grêle se formait en altitude mais s'abattait au pied des collines. Si bien que je fus surpris quand ces billes de glace de la taille d'un pois nous martelèrent.

Dusty, mon cheval, arqua le cou, renifla avec curiosité. Les autres bêtes s'arrêtèrent et se raidirent. Alors que je regardais de tous côtés, un grêlon rebondit sur mon nez. Nerveux, je me mis à pouffer.

Au bout de quelques minutes, plus personne n'avait envie de rire. La grêle tombait très fort, puis des grêlons de plus en plus gros vinrent s'écraser sur nos têtes. Les chevaux tiraient sur les rênes, cherchant désespérément à fuir cette tourmente.

— Allons vers ces arbres ! hurla Janice en désignant du doigt les sapins en contrebas. Ne laissez pas les bêtes galoper, sinon on ne les arrêtera plus !

Le vent et le fracas de la grêle étouffaient sa voix.

Nous retînmes les chevaux de toutes nos forces. Je luttais pour maîtriser Dusty qui sautait dans la boue glacée. Les grêlons devenaient aussi gros que des noix, à présent. La

glace me frappait aux épaules et à la tête malgré mon épais chapeau.

Les chevaux renâclaient, reniflaient tandis que la grêle les cinglait. Meurtris, ils agitaient la tête en tous sens.

La tourmente était telle que je n'entendais plus ce que Janice nous criait. Mes bras me faisaient souffrir à force de tirer sur les rênes. L'effroyable douleur qui avait envahi ma tête, mes bras et mes épaules augmentait à chaque seconde.

J'avais entendu des histoires d'animaux et de gens tués par des grêlons. La grêle commence par vous assommer et...

Les chevaux ne pensaient pas. La douleur les rendait tout simplement fous. Ils ne désiraient qu'une chose : fuir.

Je fus le premier à atteindre les arbres. Mes bras trouvèrent quelques ultimes forces pour arrêter Dusty.

L'abri des sapins me soulagea un peu. Je mis pied à terre d'un bond. C'est alors que je vis le cheval de M. Friesen s'emballer. Il ne parvenait pas à le freiner. Janice les rejoignit, traversant une pente boueuse et glacée.

Penchée vers le cou de son cheval, elle saisit l'une des brides qu'agrippait M. Friesen.

Sa monture pivota alors sur elle-même, recula, se cabra.

Apeuré, le cheval de Janice se cabra à son tour. En temps normal, rien ne pouvait désarçonner Janice. Cette fois-ci, elle ne put rétablir son équilibre.

Et elle tomba.

Je me précipitai vers Janice étendue dans la boue froide. Son visage et son imperméable étaient noirs.

M. Friesen mit aussi pied à terre, sans lâcher les rênes de son cheval qui rua une fois encore. L'animal tirait sur les brides, mais le photographe l'obligea à tourner en rond pour qu'il se calme.

Je libérai enfin les mains de Janice empêtrées dans les rênes, puis M. Friesen et moi l'emmenâmes sous les arbres avec les chevaux.

Les sapins n'abritaient pas complètement les chevaux de leurs branches, si bien que nous maintenions leurs têtes près des troncs, où les grêlons ne pouvaient franchir les épais rameaux. Les bêtes, qui ne cessaient de trembler, se blottissaient contre les arbres, tandis que l'averse leur cinglait la croupe.

Autour de nous, la bourrasque rugissait et couvrait le sol d'un tapis blanc. Silencieux et tremblants, nous ne pouvions que nous coller aux troncs.

Je savais que nous étions tous en train de nous demander comment Ryan se débrouillait.

La terrible grêle continua à tomber quelques minutes encore puis, comme un robinet qu'on ferme, elle cessa subitement. Le silence qui suivit donnait l'impression que le monde entier s'était tu.

L'air sentait bon la fraîcheur glacée tandis que le nuage noir s'éloignait. Et, instantanément, le soleil répandit sa lumière dorée. Même l'épais tapis de grêlons couvrant le sol se mit à scintiller.

Nous menâmes les bêtes vers la piste qui craquait sous nos pas. C'était devenu une rivière de neige fondue, de grêlons et de boue ruisselant comme un torrent sur la pente.

Aucun d'entre nous n'avait encore ouvert la bouche. Mes épaules et mon dos palpitaient de douleur. Les chevaux, à présent calmés, devaient souffrir autant que moi.

Pourtant nous devions les monter et escalader ce sentier boueux. Nous devions reprendre les recherches. Retrouver Ryan.

Inquiets, nous avions terriblement peur de ce que nous allions trouver.

Chapitre 11

Nous faillîmes le rater, mais c'était compter sans les yeux d'aigle de Janice. Elle aperçut Ryan au bord d'un ravin, loin du chemin : quelques grands sapins abritaient un cheval roux et un garçon en ciré jaune.

On traversa rapidement la clairière en direction du gosse juché sur Mondaine. Penché sur le pommeau de la selle, il agrippait, tremblant, l'encolure trempée de la jument.

À notre arrivée, il leva la tête, l'air hébété.

— Ryan ! lança son père, freinant brusquement sa monture.

M. Friesen bondit à terre et descendit son fils de cheval.

— Tu vas bien, fiston ?

— J'ai eu peur…

— Comment es-tu arrivé jusqu'ici ? demanda-t-il encore, les mains tremblantes. Comment es-tu arrivé sous ces arbres ? Tu es si loin du sentier.

— C'est elle qui m'a conduit ici, bredouilla Ryan, choqué. Je ne savais plus quoi faire... mais Mondaine le savait, elle. Dès que la grêle a commencé à tomber, elle s'est dirigée vers les sapins... Elle a gardé la tête baissée tout le long du chemin, et on a eu juste à tenir bon quand ça s'est déchaîné.

M. Friesen serrait son fils dans ses bras.

— J'avais l'impression qu'on était au milieu d'un champ de bataille, continua le garçon. Des milliards de balles nous frappaient, comme des rochers tombant du ciel, mais Mondaine a continué à marcher jusqu'à ces arbres.

Janice flatta l'encolure de la vieille jument.

— Tu es intelligente, toi, hein ? L'expérience de l'âge – pas comme ces jeunes chevaux qui ne supportent pas le moindre bobo.

Ryan tira sur la manche de son père.

— Papa, je voudrais ce cheval... Elle est mon amie, maintenant.

M. Friesen hocha la tête en serrant son fils encore plus fort.

Janice m'observait. Elle attendait de voir

comment j'allais me sortir d'affaire sans vexer Ryan.

Mais je ne disais rien car je n'étais plus certain de ce que je voulais. Janice crut de son devoir de m'aider à dire non aux Friesen.

— Je ne pense pas que votre fils soit la personne idéale pour ce cheval… commença-t-elle.

Elle me jeta un regard, et lorsque j'entendis la suite, je n'en crus pas mes oreilles :

— Je crois qu'Ambrose a raison depuis le début. Quand Mac apprendra ce qu'elle a fait pendant cette averse de grêle, il sera d'accord. Il la gardera pour emmener les enfants en balade.

— Mais… protestai-je.

— Ouais, on pourra bâter le plus fort cheval pour enfants jusqu'à ce qu'on ait assez d'argent pour acheter un jeune cheval de bât.

Quelle histoire de fous ! J'avais enfin ce que j'espérais, et voilà que je n'étais plus sûr de rien.

Je repensai à Mme Longhurst. Désirait-elle que sa jument paisse dans le pré d'un gamin gâté-pourri ? Ou alors voulait-elle que sa Mondaine gambade dans les montagnes, à transporter un tas d'enfants qui l'adoreraient ?

La jument trouverait de nouvelles forces.

Elle s'était bien débrouillée jusqu'à maintenant, mais il fallait que je sois près d'elle pour m'assurer qu'on la traite bien. Tout ça avait un sens.

Puis je me tournai vers Ryan. Il avait posé la tête contre celle de Mondaine, comme Mme Longhurst le faisait. Et il avait le regard triste, exactement comme la vieille dame.

Une fois de plus, je me fiai à mes sentiments.

— Elle nous manquera, dis-je en essayant de ne pas laisser percer mon émotion.

À ces mots, Ryan écarquilla les yeux, et la joie se lut sur son visage.

Janice, quant à elle, ne souriait pas.

— Ambrose, tu as perdu la boule ? Je finis par être d'accord avec toi, et voilà que tu changes d'avis, maintenant ! Tu te souviens de ce que tu disais à propos du grizzly ?

Inquiet, Ryan reposa la tête contre la jument.

— Tu pourras t'occuper d'elle ici, reprit-elle. Les enfants l'adoreront, on aura un cheval dans lequel nous pourrons avoir confiance. Même les débutants les plus peureux...

Je secouai la tête.

— Elle sera plus heureuse en compagnie

d'un seul enfant, si ce gamin prend bien soin d'elle, insistai-je.

Janice ne répondit pas, si bien que j'ajoutai :

— C'est peut-être un choix stupide – en tout cas c'est le choix le plus difficile…

Janice leva les mains pour m'arrêter :

— Ambrose, tu n'es qu'un vieux cœur tendre.

Mais elle souriait, elle souriait gentiment.

— Alors, ça veut dire que je vais avoir Mondaine ? demanda Ryan, éperdu.

— Si tu n'es pas gentil avec ce cheval, je te donnerai à manger au grizzly, le menaça Janice.

Puis elle ébouriffa les cheveux du drôle et le serra dans ses bras.

Incroyable ! Janice enlaçait ce sale petit morveux.

Il fallait que je raconte ça à Mme Longhurst. Elle devait savoir ce qui arrivait à son cheval, et j'avais besoin de voir son regard bleu reprendre vie. Je n'aurais guère de mal à la retrouver puisqu'il n'y avait pas des centaines de maisons de retraite à Edmonton.

Si étrange que cela puisse paraître, Janice devina mes pensées, comme seuls savent le faire les vieux amis…

— Ambrose, mon petit doigt me dit que tu vas aller à Edmonton dès que tu en auras l'occasion, fit-elle. La vieille dame…

Je hochai la tête.

Janice se mit à rire, puis elle sourit à Ryan.

À cet instant, je décidai que c'était moi qui irais à la prochaine vente. Avec l'argent de M. Friesen, j'achèterais un autre cheval. La dernière fois, je n'avais pas fait un si mauvais choix, après tout.

Cette fois-ci, je trouverais un jeune cheval de bât. Et celui-là je le garderais – aussi sûr que je m'appelle Ambrose Virgil Metford.

Cet
ouvrage,
le six cent
quatre-vingt-douzième
de la collection
CASTOR POCHE,
a été achevé d'imprimer
sur les presses de l'imprimerie
Maury Eurolivres
Manchecourt - France
en février 2003

Dépôt légal: mars 1999.
N° d'édition : 4333. Imprimé en France.
ISBN: 2-08-164333-2
ISSN: 0763-4544
Loi n° 49-956 du 16 juillet 1949
sur les publications destinées à la jeunesse